라떼가

가장

맛있다

시시콜콜하지만 매일 즐거운 드로잉 에세이

라떼가 가장 맛있다

김
세
영

지
음

지콜론북

목차

예전의 나는 왠지 근사하고 멋진 일이어야만 행복이라고 자신
있게 부를 수 있을 것 같았다. 하지만 시간이 흐르고 일상 안에
숨겨진 행복을 발견해가면서 생각이 바뀌었다. 이 작은 즐거움을
알게 된 건 사소한 습관에서 시작했다.
마카와 색연필로 노트에 이것저것 끄적이다 오늘 당장 기뻤던
일을 슥슥 그려보았고 그게 재미있어서 매주 주말마다 기분
좋았던 것들을 그리게 되었다.

한두 번 하고 말겠지, 했던 일이 어느새 'weekly happiness'라는
나만의 소소한 프로젝트가 되었다. 작년부터 시작한 이 프로젝트는
지금도 이어지고 있다. 주기적으로 그림 그리는 일이 조금은
귀찮을 때도 있고 꾸준히 하기 힘들 때도 있었다. 그렇지만 늘
귀찮음보다는 내가 어느 장소에서, 누구와, 어떻게, 어떤 하루를
보내며 행복을 느끼는지 알아내고 그것을 기록하고 싶은 마음이
더 컸다. 내가 어떨 때 기분이 좋았는지 골똘히 고민하는 시간
자체가 행복이기도 했다. 일상이 365일 매일 다를 수는 없어서
몇 번 반복되는 일도 있었는데, 비슷한 날들이 지속되어도 내
기분이 좋으면 그만이었다.

누구나 인정할 만한 큰 즐거움과 행운을 가진 날을 행복한

날이라고 생각했던 과거와는 달리, weekly happiness를 그린 후부터 나는 작지만 자주 행복한 날을 보내고 있다.

두 달 제주에서 살았던 이야기들을 담아 독립출판물로 냈고, 그동안 그렸던 그림을 모두 모아 한 권의 책으로 출간하는 프로젝트도 시작하게 되었다. 오로지 나의 관점에서 내가 행복했던 일들을 기록한 것이지만 독자들도 함께 공감할 수 있는 비슷한 기쁨이 분명 있을 것이라 생각한다. 사람들이 일상 속에서 놓치고 있는 작은 행복을 이 책을 통해 알아갈 수도 있지 않을까, 하는 기대도 생긴다.

예전엔 커피도 잘 못 마셨는데 지금은 찬 바람이 부는 겨울의 따뜻한 라테가 어떤 위로를 주는지 안다. 잘 몰랐던 것을 알게 되는 즐거움을 찾아가는 과정이라는 의미로 이 책은 『라떼가 가장 맛있다』라는 제목이다.

지금도 문득 우울한 생각이 들거나 슬픈 하루를 보낸 날이면 3~4권째 쌓인 행복 노트를 들여다본다. 나의 행복은 그림으로 남아 있다. 나는 언제든 내 행복의 기록을 보며 또 행복해질 수 있다.

김세영

과연 나는 올해 여기서

몇 가지나 이룰 수 있을까?

유화 그림 그리기

유럽 여행 가기

일기 꼬박꼬박 쓰기

커피 잘 마시는 사람 되기

식물 키워보기

꽃 자주 사다두기

1년간 책 20권 읽기

가죽 공예 배우기

피아노 연습하기

기타 열심히 연습!

노트북 바꾸기

집에서 자주 요리해먹기

블로그에 매주 글쓰기

운전 연습하기

나에게 주는 휴가가 시작되었다

휴학을 했다. 홧김에 저지른 일은 아니다. 어릴 적부터,
대학에서 공부하는 동안에 한 번은 쉬어야겠다고 생각해왔다.
쉬는 동안 무엇을 할지 구체적으로 준비하진 않았다. 결심했던
일을 실행했을 뿐이다. 처음엔 마음이 싱숭생숭했다. 기다렸던
일이지만 제대로 준비가 되지 않았다는 생각에 설렘과 동시에
살짝 불안함도 느꼈다.

그동안 '누가 시키니까' 해야 하는 의무감에 나도 모르게 매여
있었던 것 같다. 학생이라는 이름표를 떼본 순간이 없었는데
과제가 없는, 누구에게 지시받지 않는 삶은 처음이었다. 해방감을
느낀 한편 시간이 너무 많이 생기니 당황스럽기도 했다.
하고 싶은 일은 리스트만 적어두었다. 카테고리나 순서 없이
그때그때 생각날 때마다 메모한 것이라 어디서부터 무엇을 해야
할지 바로 정리가 되지 않았다. 나는 늘 누군가의 지시에 불만을
가지고 살았어도 누가 알려주고 시키는 것에 익숙한 수동적인
사람이었다.
원점으로 돌아갔다. 나에 대해 다시 생각하기로 했다. 내게
여유 있게 주어진 하루를 우선 즐기기로 했다. '나는 어떤 것을
좋아할까?', '나는 무엇을 할 때 행복할까?', '나는 나중에
무엇을 하면서 살아야 할까?' 여러 질문이 꼬리에 꼬리를
물었다.

나의 대답은 한결같다. "일단 오늘을 잘 보내보자."

나는 오늘 당장 할 수 있는 일, 작고도 기쁨을 주는 일을
곰곰 떠올려보았다. 그리고 나중에 다시 돌이켜 보고 싶을 때를
위해 매주 손바닥만 한 노트에 그림을 그려 일러스트 일기를
남기기로 했다.

돌이켜 보면 별것 아닌 것에도 나는 자주 행복해했다.
너무 사소해서 지나쳤을 뿐, 매일 조금이나마 기분 좋았던 일을
하나씩 발견했다. 월요일에는 길을 걷다가 본 고양이가 내게
다가와 눈인사를 했다. 화요일에는 맛있는 크림 커피를 마셨다.
수요일에는 기타 악보를 새로 뽑았다. 목요일에는 점심으로
먹은 우동이 꽤 맛있었다. 금요일에는 관심 가던 책을 완독했다.
주말에는 친구와 갔던 전시에서 마음에 쏙 드는 그림을 보았다.
언제, 어디서든 그림이 그리고 싶어지면 노트, 마카, 색연필을
꺼냈다. 한 주의 행복을 떠올리고 한 페이지에 쓱쓱 한 가지씩
오브제를 그렸다. 우연한 행복의 시작이었다.

January

Happiness

좋아 하는 카페의
창가 자리에 앉아 먹는 푸딩

겨울의 목화

고마운 책 선물

핸드드립 커피
원데이 클래스

새해 다이어리
(갈색 가죽 커버)

학교에
피어있던 열매들

LEICA MINI ZOOM
첫 번째 필름카메라

인생 커피를
만난 날

'겨울' 하면 가장 먼저 생각 나는 꽃, 목화.
보송보송한 것이 추운 날씨와는 다르게
포근한 느낌을 줘서 마음에 든다.
한 송이를 사서 귀여운 화병에 꽂아
책상 앞에 두었다. 책상 앞에 앉을때 마다
귀여운 겨울을 만날 수 있어서 좋다.

카페에 간다는 것은
적절한 백색소음 사이에서 즐기는 휴식 과도 같다.
나는 카페에 가는 걸 아주 좋아 하는데,
그중에서도 몇 번이고 또 가는 곳이 있다.
창 밖으로 멋진 나무들이 보이고,
그 앞에 앉아 조용히 책을 읽을 수 있는 곳.
나무 의자가 꽤 편안해서 몇 시간이고 가만히 앉아 있고 싶은 곳.
푸딩과 비엔나 커피, 계절마다 변하는 작은 롤 케이크.
매 계절마다 가고 싶다.

요즘 자주 먹는 빵들.

예전에는 달거나 무언가가 많이
들어간 빵을 맛있다고 생각 했다.
요즘은 적당히 고소하고 특별한 맛이 잘 안 나는
담백한 빵들이 좋다.

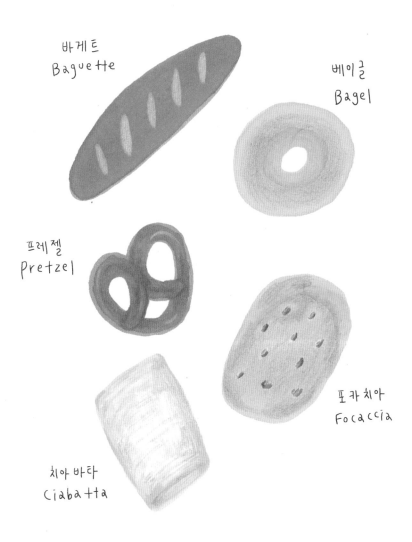

바게트
Baguette

베이글
Bagel

프레젤
Pretzel

포카치아
Focaccia

치아바타
Ciabatta

♪ ♫ 𝄞

Singing and Piano and Guitar

내가 좋아하는 일과 내가 해야 하는 일, 분리해서 생각해야 할까?

언제부턴가 좋아하는 것들을 모두 일과 연관 짓게 되었다.

디자인, 그림, 글, 공예, 사진…

그렇게 되면서 점점 그 일을 하는 데 조금씩 부담이 생겼다.

하지만 여전히 정말 가벼운 마음으로,

단순히 내가 좋아하기 때문에

딱 이런 이유만으로 하는 일이 몇 가지 있다.

피아노, 기타 치기.

올해 내 목표는 존 슈미드(John Schmidt)의

〈All of me〉 피아노 연주하기!

친구가 나에게 준 책
한강 작가의 『서랍에 저녁을 넣어두었다』

하고 싶은 일이 많을수록 한 해의 목표도 자꾸 늘어난다.
올해 세운 또 하나의 목표.

내가 친구에게 준 책

전보라 작가의 『연애가 끝났다』

좋아하는 사람들에게 책 선물하기.

서로 책을 주고 받는 것은 각자 사유하는 것을 나누는 일이기도 하다.

생각을 공유한다는 것이 참 멋진 일인 것 같다.

카메라 구매! 멋진 가죽 케이스도 받았다.

디자인을 전공 하는 사람으로서 카메라 욕심도 꽤 크다.

올해 꿈에 그리던 필름 카메라를 드디어 손에 넣었다.

봄, 여름, 가을, 겨울 사계절을 필름 카메라로 담아보려 한다.

그리고 그 사진들을 엮어 작은 필름 사진집을 만들어봐야지.

버스 정류장에서 내렸다. 집까지 걸어오는 길,

평소와 달리 조금 느리게 걷고 싶을 때가 있다.

괜히 작은 나뭇잎이나 열매들을 주워온다.

나는 열매라는 단어가 좋다. 열매, 나뭇잎, 나뭇가지, 솔방울처럼

나에게 맑은 힘을 주는 것들이 전부 좋다.

January

□ 미국 여행 숙소 예약 해두기   □ 가죽 사기

SUN	MON	TUE
1 HAPPY NEW YEAR!		
15 혼자 카페 가기!	:)	
22 10시 커피 수업 들으러가기		

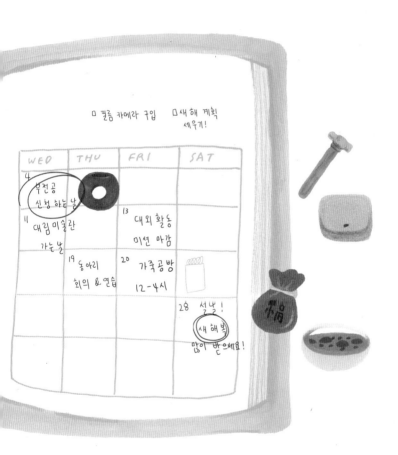

□ 필름 카메라 구입   □새해 계획
세우기!

WED	THU	FRI	SAT
4 우전공 신청하는 날			
11 대림 미술관 가는 날		13 대외 활동 미션 마감	
	19 동아리 회의 & 연습	20 가죽공방 12-4시	
			28 선물! 새해복 많이 받으세요!

February

Happiness

귀여운
색깔의 알약

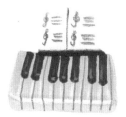

재즈 피아노를
배우기 시작했다

노란 튤립 구매

1일 1드로잉
실천 중

휴학 생활 시작!
이사도 했다
정 들었던 원룸 안녕!

새로 산 핸드크림

일본이 생각나는 당고

자수에 취미 붙이기

예전에 일본 여행에서
처음 사먹고는 완전히 반했던 당고!
달달하고 짭짤한 간장 당고, 알록달록한 색의 당고,
단 호박, 팥이 올라간 당고까지 모두 또 먹고 싶다.

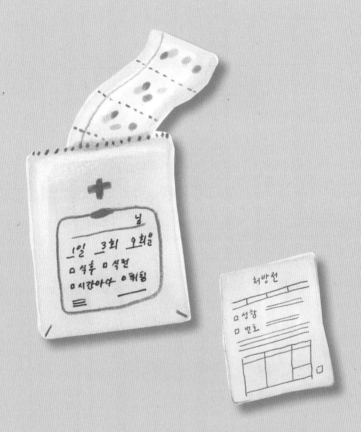

양쪽 눈에 다래끼가 났다.

아프고 눈도 부었다.

병원에서 아픔을 꾹 참고 다래끼를 쨌다.

약을 처방 받았는데, 알록달록한 색의 알약이 예뻤다.

예쁜 것은 역시 기분을 나아지게 한다.

눈이 굉장히 아팠지만 왠지 빨리 나을 수 있을 것 같다.

라넌큘러스
Ranunculus

튤립
Tulip

수국
Hydrangea

기분 전환이 필요할 때 무엇을 하면 좋을까?

나는 꽃시장에 자주 간다. 한달에 한 번 정도는 꾸준히 가는 편이다.

꽃을 사오면 집 안도 화사해보이고, 내 기분도 좋아진다.

이번에 사온 꽃은 튤립, 라넌큘러스, 수국!

튤립의 꽃말은 사랑의 고백,

라넌큘러스의 꽃말은 매혹,

수국의 꽃말은 처녀의 꿈이라고 한다.

꽃말을 찾아보고 기억해두는 것도 재미있는 일!

겨울의 일상에서 빠질 수 없는 핸드크림.

핸드크림을 수시로 바르는게 습관이라

금세 저번에 산 핸드크림을 다 쓰고

새로운 핸드크림을 샀다.

기분 좋은 식물 향이 난다.

이번 핸드크림을 다 쓰면

또 무슨 핸드크림을 사볼까?

1일 1드로잉을 위한 준비물!

손바닥만한 작은 노트, 검은색 색연필, 나의 손 끝!
일기를 쓰듯 하루에 한 장씩 드로잉을 하기로 했다.
사소한 일, 사소한 장면이라도 좋았던 것,
그리고 싶은 모습을 그린다.
못 그려도 좋고, 형태가 엉망이어도 좋다.
24시간 중 딱 5분만 투자 하기!
기분 좋은 하루를 위한 나의 루틴!

내 방을
예쁘게 꾸며보자!

그동안 사 모은 책과 소품을 정리할 수 있는
나무 선반이 필요하다.
오래 된 스탠드도 새 걸로 바꾸고 싶고,
벽에 걸 수 있는 동그란 거울도.
가격이 조금 나가더라도
오래 쓸 수 있는 근사한 의자도 있었으면 좋겠다.
식물도 하나 더 들이면 좋겠다.

"My room I want"

Shelf

Clock

Lamp

white table

plant

Chair

Shelf

Mirror

Guitar

47

February

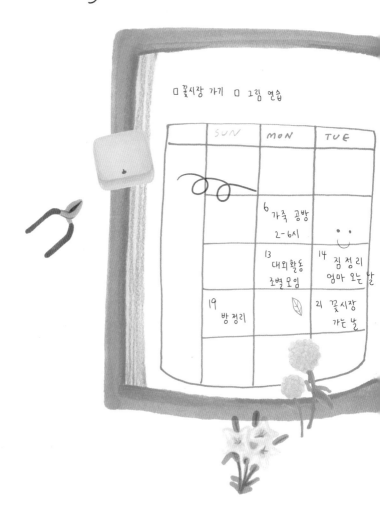

☐ 꽃시장 가기 ☐ 그림 연습

SUN	MON	TUE
	6 가죽 공방 2-6시	⌣
	13 대외활동 조별모임	14 짐 정리 엄마 오는 날
19 방 정리		21 꽃시장 가는 날

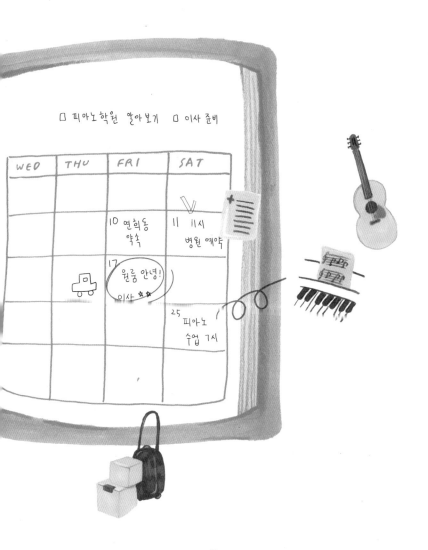

□ 피아노 학원 알아 보기   □ 이사 준비

WED	THU	FRI	SAT
		10 연희동 약속	11 11시 병원 예약
		17 원룸 안녕! 이사 ✿✿	25 피아노 수업 7시

March

Happiness

고구마 삶기

엄마를 위한
향초 만들기

미국 여행!
USA

친구 생일 때
편지 써주려고 산
귀여운 엽서

제주 여행용 필름을
잔뜩 사놓았다
다 쓰고 오는 게 목표!

카페에서 본
예쁜 스피커

DO
YOU
READ
ME

신기한 체리토스트

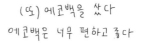

(또) 에코백을 샀다
에코백은 너무 편하고 좋다

친구가 해준 체리 토스트.

꽤 맛있는데 만드는 법은 의외로 간단했다.

나도 집에서 해먹어 보기로 했다.

재료와 전자레인지만 있으면 되는 요리 ✧

두툼한 식빵

체리

꿀 조금

크림치즈

재료를 모두 얹고,
1분 정도만 데우면
초간단 체리 토스트 완성!

우리 집에 가면 베란다에
할머니가 정성들여 가꾸시는 여러 식물들이 살고 있다.
얼마 전에는 나도 내 몫의 식물을 하나 들여놓았다.
자주 바라보고 잘 가꿔주어야지!

내 몸의 화분

엄마에게 선물할 향초를 만들었다.

✧ 향초 만드는 법 ✧

향기 넣는 오일

온도계

유리컵   소이 왁스   나무
        젓가락   심지 (천, 우드 모두 OK)

①

소이왁스를 냄비에 넣고
저어주면서 완전히 녹인다.

②

컵 가운데에
심지를 잘 고정해 준다.

③

녹은 소이 왁스는 60°C가 되면,
향기 오일을 넣고 섞는다.

④

나무젓가락으로 심지가 넘어지지 않게
잘 잡고, ③을 컵에 천천히 붓는다.

⑤

왁스가 다 굳고,
심지를 적당히 자르면 향초 완성!

Dear My Friend

바쁜 일상에서도 꼭 챙기고 싶은 것.
좋아하는 사람들의 생일을 기억하고,
편지를 써주는 시간 정도는 빼놓을 수 있길.

Dear, my friend.

생일 축하해. 우리가 알게 된지도
햇수로 8년째구나. 언제나 내 곁에
있어줘서 고마워. 지금은 서로의 학교가
달라서 잠시 떨어져 있지만, 마음으로는
늘 붙어 있으니까. 앞으로도 지금처럼
잘 지내자! "나는 너를 응원하고 있어."
라는 그 말을 말이 아닌 시간으로
보여주는 사이가 되자!
다시 한번, 좋은 생일 보내!

도무지 수집 욕구가 줄어들지를 않는 에코백.
백팩이나 미니백, 크로스백도 좋지만
내 눈엔 에코백이 제일 예쁜지
계속 에코백을 사게 된다.
나는 에코백 부자!

YOU
DRINK
COFFEE
I DRINK
TEA
MYDEAR

AMSTERDAM STEDITIKS MUSEUM

salt

do
you
read
me
?!

엄마가 집에 고구마를 주고 갔다.

느지막하게 일어나 고구마를 삶았다.

삶아서 그냥 먹기만 하기엔 물리니까

고구마로 만들 수 있는 여러 가지 음식을 찾아 보았다.

고구마는 참 맛있고 좋은 재료!

고구마 맛탕

고구마 튀김

고구마 고로케

고구마 스틱

고구마 치즈오븐구이

스피커

턴테이블

빈티지 촛대

위시리스트는 왜 항상 줄어들지 않는 걸까?

질량 보존의 법칙처럼 늘 추가되는 나의 위시리스트.

이번 달 위시리스트는 스피커와 턴테이블.

모카 포트, 홈베이킹을 위한 미니 오븐, 흰색 법랑 냄비와 빈티지 촛대까지.

한 개를 사면 아마 또 다른 한 개가 더 채워지겠지?

법랑냄비

미니 오븐   모카 포트

2주 간 미국 여행을 떠난다.

이렇게 먼 거리를 떠나는 것도, 오랜 기간 여행하는 것도 모두 처음이다.

예상할 수 없는 일들이 가득할 것 같아서 조금 두려운 것도 사실이다.

그렇지만 이것이 여행 그 자체가 아닐까?

근사한 날들로 채워질 것이라고 기대해본다.

San Francisco
Las Vegas
Los Angeles

3/2	3/3	3/4	3/5	3/6	3/7	3/8
출발!	샌프란 시스코 현대미술관	금문교	페리 빌딩	샌프란 시스코 ↓ 라스 베이거스	"오쇼" 관람	그랜드 캐니언 투어 1번째 날

3/9	3/10	3/11	3/12	3/13	3/14	3/15
그랜드 캐니언 투어 2번째 날	라스 베이거스 ↓ 로스 앤젤레스	할리 우드	디즈니 랜드	산타 모니카 해변	다브로드 미술관	아쉬운 여행 끝. 한국으로!

67

march

□ H·A·N·D 티켓 사기   □ 망원동 카페 투어

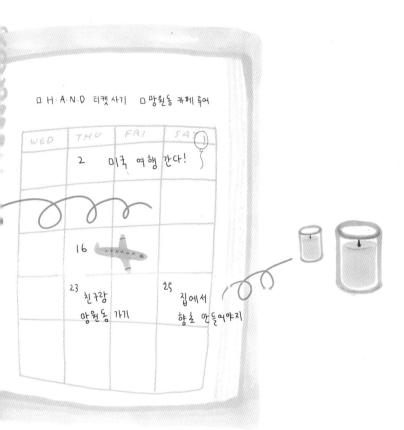

WED	THU	FRI	SAT
	2	미국 여행 간다!	
	16		
23 친구랑 망원동 가기		25 집에서 향초 만들어야지	

제주에 갔다

능동적인 삶을 살기 위해 매주 행복 리스트를 그리는 일은 어느새 자연스러운 일상이 되었다. 나는 그것을 넘어 나 자신을 제대로 쉬게 해줄 시간이 필요하다고 느꼈다. 사실 쉬고 있는 몇 달간 계획대로 이루어진 일이 그다지 많지 않았다. 나는 나를 잘 알고 있다고 자신했지만 겪어보니 나는 생각보다 더 게을렀다. 하고 싶은 일 리스트의 두세 가지라도 하는 게 어디냐며 게으름을 합리화했다. 돈을 버는 것도 고된 일이었다. 쉬는 동안 시간은 더 빠르게 가는 것 같았다. 그리고 은연중에 나와 주변 사람과 비교하며 나도 모르게 불행을 느끼고 있었다. 좋아하는 일만 하려고 휴가 아닌 휴가를 보내는 건데 나 홀로 가만히 서 있는 듯한, 조금은 찜찜한 기분이 드는 시기였다.

예전에 인터넷에서 '제주도에서 게스트하우스 스태프로 일하며 한 달 살기'라는 게시글을 봤던 게 불현듯 생각났다. 혹했지만 당장 떠날 수 없는 상황 때문에 잠시 묻어두고 있었다. 제주에서의 삶은 다시 생각해봐도 여전히 매력적이었다. 제주가 고향이 아니기에, 아무도 나를 모르는 곳에서 산다는 것은 잠시일지라도 일상에서 해방되는 것 같아 좋았다. 막상 가보면 어떻게 될지 모르지만 제주에서라면 새로운 생활에 적응하고, 새로운 풍경들을 만끽하면서 내가 가는 길의 방향을 잡을 수 있을 것 같았다. 다양한 영감을 얻을 수 있으리라는 기대가 생겼다.

4월의 어느 날, 상상만 했던 푸른 바다, 맑은 하늘, 초록색의 오름, 유채꽃을 보러 제주로 떠났다. 돌아올 날짜는 정하지 않았다. 내 생각이 정리될 때까지 있고 싶었다. 늘 마음 한구석에서는 언제나 짝사랑했던 제주. 제주의 하늘은 보기만 해도 마음이 트였다. 매일 아침, 커피를 마시면서 잔이 비워질 동안 천천히 미래에 대해 고민한 시간, 햇빛에 반짝이는 바다의 잔물결, 버스를 타고 기사님 바로 뒷자리에 앉아 종점까지 쭉 달렸던 일, 점심을 먹은 후 늘어지게 낮잠 자는 일, 바람에 흔들리는 유채꽃, 바다에서 조개껍데기들을 주워 창가에서 말리는 일 모두 좋았다. 제주에서 지내면서 사랑하는 것이 더 많이 생겼다. 나는 무엇을 좋아하는지에 관해 더 많이 대답할 수 있게 되었다.

게스트하우스에서 일하고 숙식하며 4월과 5월, 꼬박 2개월을 보냈다. 제주선 내 곁에 숨겨진 행복을 깨닫는 재미에 빠져 살았다. 타인의 시선을 신경 쓰지 않고 내가 주체가 되어 오로지 나 자신에게 집중하던 시간이었다. 서울로 돌아가면 서울에서 느낄 수 있는 기쁨이 있을 것이라고 확신했다. 무엇보다 제주 생활에서 가장 좋았던 점은 추억을 곱씹고 언제든 찾아갈 수 있는 내 아지트가 생겼다는 것이다. 힘들 때마다 보고 싶은, 찾아가서 웃고 울 수 있는 곳이 생겼다.

April Jeju

Happiness

4월 3일, 드디어
제주 살이 시작

평대, 우도, 협재의
조개 껍데기들

오렌지 같지만
'청견'이라는 과일
맛은 비슷하다

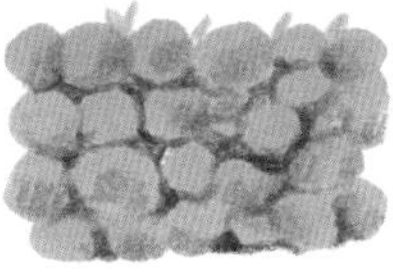

제주의 돌담길

토스트 초콜릿잼

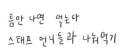

틈만 나면 먹는다
스태프 언니들과 나눠먹기

아름다운 세화 바다

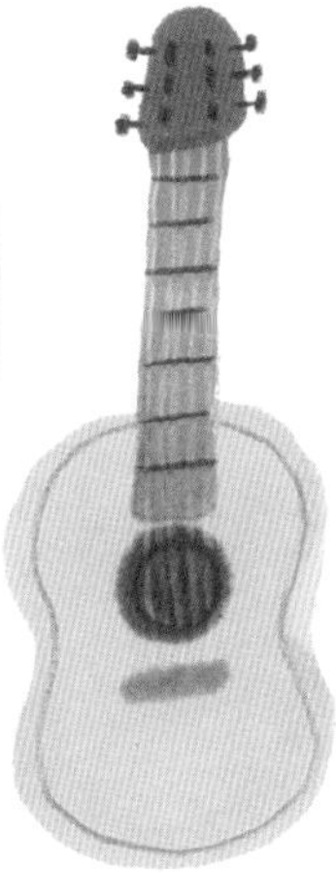

서울에서부터
들고 온 기타

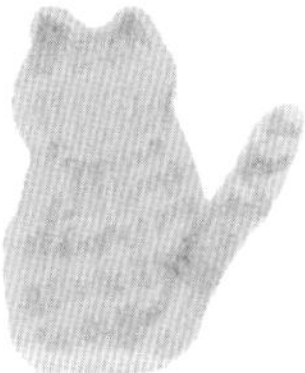

게스트 하우스에
자주 오는 길고양이
'치즈' (내가 지음)

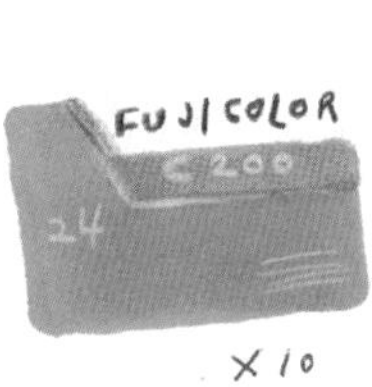

×10

오로지 제주에서만 쓸 필름

1박 2일 스쿠터 여행

바다를 바라보는 것은 그 자체만으로도 휴식이 된다.

바다에 나가면 끝없이 펼쳐지는 듯한 풍경을 마주한다.

그 앞에 앉아 있다 보면, 발 끝에 조개 껍데기들이 자주 채인다.

심심할 때, 예쁜 모양과 색의 조개껍데기들을 주워왔다.

어느새 필름이 들어있던 작은 통 2개를 꽉 채울만큼 많아졌다.

가끔 책상 앞에 앉아 조개 껍데기들을 차례차례 올려두고는 멍하니 바라본다.

바다에 나가지 않아도 작은 바다를 만날 수 있는 법.

4월의 레시피

옥수수스프

옥수수 통조림

우유

올리브유   소금   설탕

버터

파슬리 가루

① 옥수수 알갱이와 옥수수가 다 잠길 만큼의
우유를 넣고 팔팔 끓인다.

② 옥수수 알갱이가 남지 않도록
핸드믹서로 곱게 갈아준다.

③ 설탕 작은 한 스푼, 버터 한 조각,
소금 작은 한 스푼, 올리브유 한 바퀴를 넣는다.

잘 저으면서
끓인다.

④ 적당히 끓었으면
파슬리 가루를
뿌려 완성!

예쁜 그릇에 담는다.

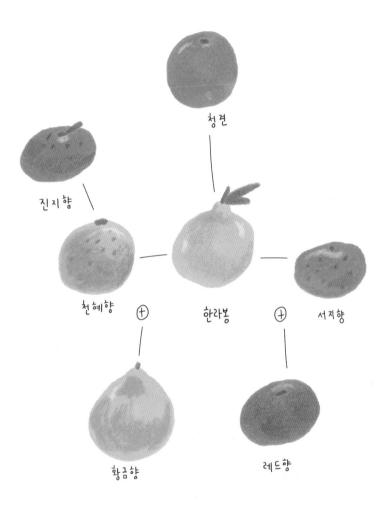

청견

진지향

천혜향 ⊕

한라봉 ⊕ 서지향

황금향

레드향

제주에는 감귤과 천혜향,

한라봉 외에도 아주 많은 종류의 귤이 있다.

언뜻 보면 전부 비슷해보이지만,

자세히 들여다보면 각각 저마다의 특성이 있다.

맛도 조금씩 다 다르다. 레드향은 씁쓸한 맛이 강하고,

황금향은 달달한 맛이 난다.

CATS

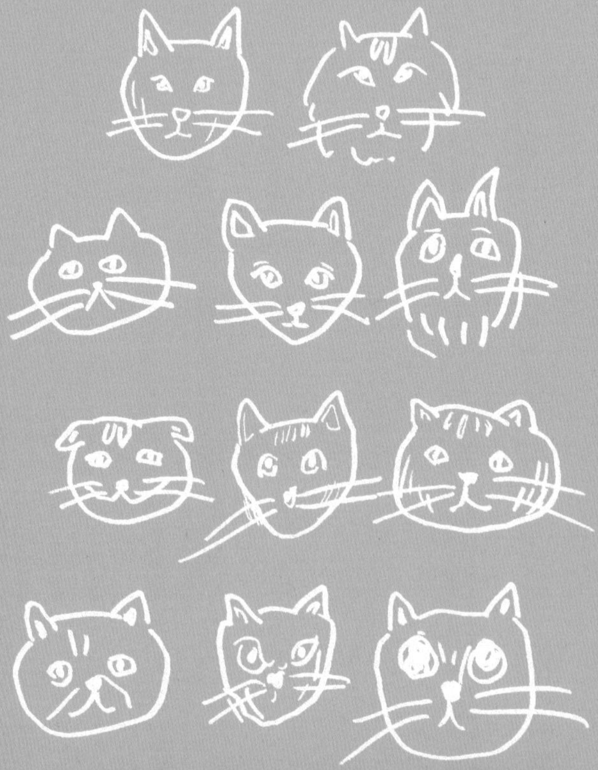

제주도에서 길 고양이들을 은근히 많이 만났다.

경계가 심한 고양이도 있었고, 사람을 낯설어 하지 않는 고양이도 있었다.

반가워서 다가가고 싶었지만,

행여 그들의 산책길에 방해가 될까 싶어

조심 조심 사진을 찍어 모았다.

사람의 생김새가 모두 다르듯 고양이들도

자세히 들여다보면 생김새가 제각각 이다.

결론 : 고양이는 다 귀엽다

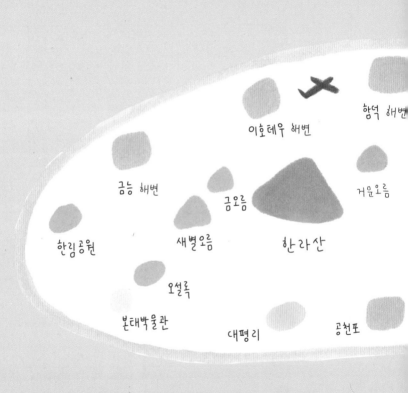

항덕 해변

이호테우 해변

금능 해변

거믄오름

금오름

새별오름

한라산

한림공원

오설록

분태박물관

대평리

공천포

82

좋아하는 바다
좋아하는 마을
좋아하는 공원과 오름
좋아하는 건축물

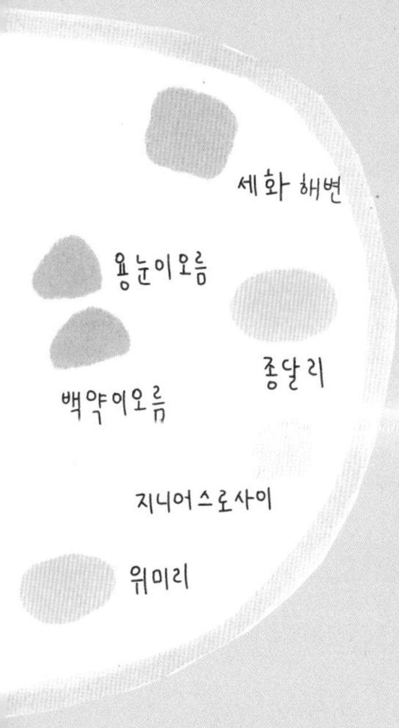

세화 해변

용눈이오름

백약이오름

종달리

지니어스로사이

위미리

DAY 1

협재바다　　카페 그곳

제주 유랑 토스트　　카페 물고기　　본태박물관
(감귤 주스가 맛있다)

성이시돌목장 (아이스크림!)   새별오름

DAY 2

수풍석 박물관

May Jeju

Happiness

선흘리 산책에서
주워 온 꽃들

보송보송하게 이불 빨래 후
햇빛에 말리기

비 온 다음날이면 마당에
나타나는 달팽이

제주에만 있는
제주 우유

초콜릿 베이글이
맛있었던 카페

타파스의 새 안주
'멜론 프로슈토'

좋은 향이 나던
이름 모를 하얀 꽃

조식 준비 하며
야채 손질하기

새로 만든 가죽 필통

늘 사기만 했던 일상의 물건을 직접 만들어보기.

그 중에서도 달력을 직접 그려 만드는 취미가 생겼다.

제주에서 지낸지도 한 달이 넘었고,

5월의 첫날, 평대 해변 앞 카페에 앉아 5월 달력을 그렸다.

새로운 5월에도 행복한 일만 가득하길 바라면서.

MAY IN JEJU

초간단 와인 안주 (10분만에 가능)

1. 카망베르 치즈구이

카망베르 치즈 한통을 8등분 한다.

메이플 시럽을 치즈 위에 가득 뿌린다.

건포도와 아몬드를 뿌린다. 오븐에 굽는다.

2. 멜론 프로슈토

멜론 한 줄을 한 입 크기에 맞게 자른다.

프로슈토를 멜론 위에 올린다.

5월의 레시피

감바스 알 아히요

새우　　마늘　　　월계수잎　　　올리브유

바질　　떼페론치노　　소금　　올리브　　후추

① 올리브유를 프라이팬에 붓는다.

② 새우는 미리 소금, 후추로 밑간을 해둔다.

③ 마늘은 편으로 썰고,
나머지 재료들도 준비해둔다.

④ 마늘을 먼저 넣고 볶다가
(아주 약한 불이어야 함!)
새우을 넣고, 뒤이어 바질,
페페론치노, 월계수잎을 넣는다.
새우가 붉게 익으면 끝!
바게트와 함께 먹으면 더 좋다.

제주의 꽃, 사계를 만나다

제주의 벚꽃 철은 서울보다 조금 이르지만

곳곳에 흔적이 남아 있다.

벚꽃이 예쁜 마을 위미리에 내가 좋아하는 카페가 있다.

각종 베이글과 크림 치즈, 그리고 내가 가장 좋아하는 감귤주스.

한 쪽에서 판매 중인 조그만 나무 그릇과 도자기들.

작게 흘러나오는 노래까지. 마음이 따뜻하고 편안해지는 곳이다.

한 나절 시간을 보낼 수 있는 '그 카페' 시스베이글 ✓

베이글

감귤주스

빙수기

나무 그릇

커피

주전자

게스트 하우스 스태프의 청소 시간! 10:00 A.M.

10:30 A.M.   이불 커버, 베개 커버를 벗겨 세탁기에 넣고 돌린다.
11:00 A.M.   방 구석구석 청소기를 돌린다.
11:30 A.M.   걸레질도 꼼꼼히 한다.
12:00 P.M.   화장실 청소까지 마무리!

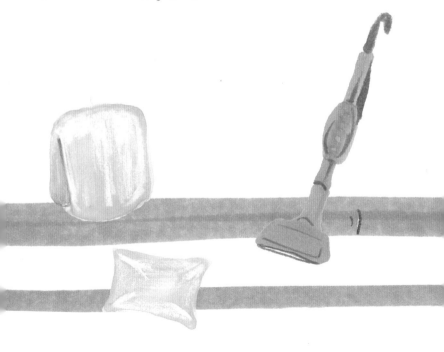

조식 시간이 끝나면 바로 청소 시간이 시작된다.
손님이 전부 퇴실하면, 이불커버와 베개 커버를 세탁기에 넣고
세탁 버튼을 누른다. 청소기로 먼지를 제거한 다음,
걸레질을 하고 화장실 청소를 이어서 한다.
그때쯤 빨래가 다 되었다는 삐 - 소리가 난다.
햇빛 아래서 탁탁 털어 널고 나면 청소 끝!
이제 점심 먹고 낮잠 자자!

June

Happiness

나의 새로운 취미는
근사한 화병 모으기

밤에 먹는 야식
바나나

새로 읽기 시작한 책
(매우 어렵다 …)
헤르만 헤세의 『데미안』

마실 줄은 모르지만
보는 것만으로도
낭만적인 와인잔

Brown   Natural

신설동 가죽 시장에
다녀왔다

가장 좋아하는 영화
〈리틀 포레스트〉 일본판

어딘가에서 본
멋진 빈티지 의자
갖고 싶다

두릅 튀김

양배추 케이크

열 번도 넘게 본 영화 〈리틀 포레스트〉

이제는 어느 장면에서 어느 대사를 하는지도 기억이 날 정도다.

영화에서는 볼 때마다 침이 고이게 하는 요리들이 많았다.

영화의 서정적이고 차분한 분위기만큼이나 이 요리들이 참 좋다.

보리수 잼

배추꽃, 달래, 송이를 넣은 파스타

크리스마스 파운드 케이크

차파티 (chapati) 와 인도 카레

6월의 레시피

보리수 잼을 바른 바게트

보리수 열매

빈 유리병

설탕

함께 먹을
바게트

①

보리수 열매를 곱게 으깬다.

②

으깬 보리수 열매를 중불에서 끓인다.

③

끓을 때 설탕을 넣고
계속 저어 주면서 졸인다.

④

다 졸인 잼을 식혀서
유리병에 넣으면 완성.

바게트에 발라 먹는다!

요즘 나의 새로운 관찰. 의자가 좋아졌다.

그래서 카페나 멋진 건물에 가면 의자부터 눈에 들어오곤 한다.

예쁜 빈티지 의자들은 가격대가 매우 높지만,

그만큼 튼튼하고 멋지기 때문에

언젠간 나도 나의 의자를 사겠다고 결심했다.

와인을 마시는 자리에 참석할 기회가 생겼다.

나는 술을 한 잔도 마시지 못해서 거의 안 마셨지만

와인의 세계가 왠지 재미있어 보인다.

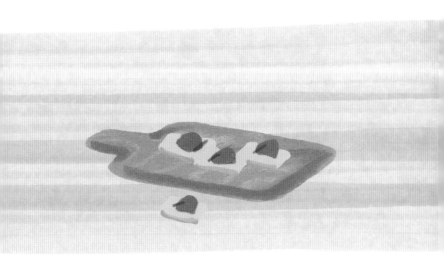

덜 부담스럽기 때문에 밤에 야식으로 과일을 자주 먹는다.
건강을 위해 과일을 자주 먹는 습관을 들이려고 한다.
아침에도, 낮에도 틈틈이 과일을 챙겨먹어야지!

또 다른 수집욕. 화병을 하나 둘 모으기 시작했다.

꽃을 좋아해서 저절로 화병에도 관심이 많아졌다.

처음엔 유리 화병을 주로 쓰다가 요새는 도자기 화병을 많이 쓴다.

내가 직접 만들어 보고 싶기도 하다.

상상만 하던, 딱 내 취향의 화병을 꼭 내 손으로 만들어보고 싶은 마음.

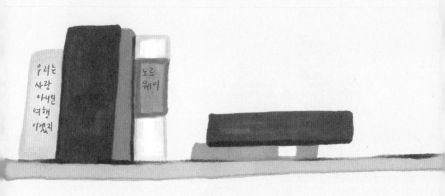

June

SUN	MON	TUE
	5 저녁 안들어 먹기	
11 친구 만나기 7시		13 미용실 예약
	26 카페 찾아가기	

□ 돈 모으기 □ 유럽 여행 일정 짜기

WED	THU			SAT
	1 가죽 사러 가기			
	9 전시 보러	10 유럽 여행 일정 짜기		
14 엄마랑 데이트				
22 알바 미팅				

행복의 순간을 공유하다 1

몇 년 전, 학교 축제 때 행사 부스에서 핸드메이드 가죽 지갑을
하나 샀다. 단순히 예뻐서 샀는데 여기저기 들고 다니면서 점점
정이 들었다. 천연가죽으로 만든 지갑은 시간이 지날수록 주인의
손에 맞게 길든다. 내 지갑도 그랬다. 이리저리 굴려지며 색이
짙게 변했고, 겉면에 작은 상처나 주름들이 많아졌다. 일부러
가죽을 태닝할 필요 없이 세월을 자연스럽게 머금은 지갑을
보면서 '나의 것'이라는 애착이 생겼다. 지갑에 애칭도 붙여주고
지갑을 샀던 날짜까지 기억할 정도로 소중한 애장품이다.

시간이 지나면서 물건을 대하는 태도가 달라졌다. 가지고 있는
것들의 소중함과 그것에서 얻는 기쁨을 알았다. 가죽 지갑을
만든 사람도 이런 마음이었을까? 나도 이 가죽 지갑처럼 나와
오랫동안 함께할 것들을 직접 만들어보고 싶었다. 그래서 휴식기
계획 1번은 가죽공예 배우기였다. 여유가 생기자마자 주저하지
않고 바로 배운 일이다. 그때 그 가죽 지갑을 사서 소중히 들고
다녔던 것처럼 나도 누군가에게 소중함을 만들어서 전할 수
있었으면 좋겠다고 생각했다.

우선 내가 들고 다니기에 딱 알맞은 지갑을 만들었다.
스케치했던 대로 뚝딱뚝딱 시간과 공을 들여서 만들었다. 지갑을
만들고 나서는 내 물건을 완성했단 기쁨에 환호성을 질렀다.

몇 번 가지고 다니면서 카페 테이블 위에 살짝 올려놓으며
지인들에게 자랑하기도 했다. 어디서 파는 거냐고 물어보던
친구도 있었고, 네가 좋아하는 물건을 살 테니 서로 선물
교환식을 하자는 친구도 있었다. 예쁘고 소지하기 편리하다는
점이 소장 욕구를 자극했을 수도 있을 테지만 직접 만든 물건을
가치 있게 생각하는 모습이 나와 같은 감정을 공유하는구나 싶어
내심 기뻤다.

다른 사람들에게도 오랫동안 손때 묻은 물건의 기쁨을
선보이고자 여러 개 만들어 작은 규모로 판매하기도 했다.
돈을 벌고 싶다는 목적보다 가죽 지갑을 처음 가졌을 때의
행복을 다른 사람도 느꼈으면 하는 마음이었다. 쉽게 사고, 쉽게
버리고, 쉽게 잊는 세상이다. 애정을 갖고 귀하게 여길 수 있는
나의 것이 있다는 건 소중하다.

종종 상상한다. 소박하지만 자연스러운 멋이 담긴 물건을 만들고
모으는 가게의 주인이 되는 것이다. 두툼하게 잘라 만든 짙은
색 나무 가구, 하얗고 만질만질한 도자기, 빈티지 물건이 가득한
곳을 정성껏 꾸미는 것. 이제는 도자기, 나무, 금속처럼 재료에
대해 탐구하는 시간을 가져보려고 한다. 세월을 함께 발맞춰
걸어가는 소중함을 전하고 싶다.

July

Happiness

점심에 마시는 커피

친구네 고양이를 한 달간
맡아서 돌보게 되었다

비 오는 날이 잦다
비 구경과 함께 듣는 노래는
조금 더 특별하다

월급날!
하지만 금방 사라진다...

귀걸이 만들기

여름을 맞아
일 하는 사무실에
들어온 큰 화분

다 써 가는 드로잉 노트가
왠지 뿌듯하다

서울숲에서
사 온 빨미까레

재미있게 본 영화 〈내 사랑〉

예쁜 포장 선물

친구의 부탁으로 친구네 고양이를 한 달간 탁묘했다.
하쿠는 내가 집에 돌아오면 내 손바닥에 자기 머리를 열심히 비빈다.
창틀에 앉아 바깥 구경하기도 좋아한다.
종종 사 들고 와 쥐여주는 간식도 잘 먹는다.
고양이는 너무 귀여워!

이름: 하쿠   나이: 2016년 4월 11일 (3살)
성별: 중성 (원래는 여자였음)   특징: 엄청난 개냥이

요즘은 집에서 핸드드립 커피를 내려 마신다.

원두를 직접 갈고, 종이 필터에 넣어

뜨거운 물을 아주 천천히 붓고, 커피 방울들이

조금씩 떨어지는 걸 쳐다보는 일이 재미있다.

그렇게 내린 커피를 마시는 일도 물론 좋고!

드립 포트

드리퍼

핸드 그라인더

서버

필터 종이

bean
cafe

원두

Earrings

동대문 종합 시장 A동 5층, 6층에 가면
다양한 액세서리 부자재들을 저렴하게 살 수 있다.
나는 종종 그곳에서 재료를 사와 직접 귀걸이를 만들곤 한다.
만드는 법도 생각보다 정말 간단해서 누구나 쉽게 만들 수 있다.
다음엔 더 많이 만들어서 선물도 해야지!

7월의 레시피

에비카레

 양파

 새우

고체 카레

 버터

소금 후추

다진 마늘

 파슬리 가루

 밥

 우유

①

버터를 두르고 채 썬 양파를
약한 불에 오래 볶는다.

②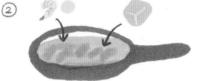

새우와 다진 마늘을 넣어 함께
볶다가 물에 푼 고체 카레를 넣는다.

③

우유를 조금 넣어
농도를 맞춘다.
후추도 살짝 뿌린다.

④

"エビカレー"

밥과 함께 담은 후,
파슬리 가루를 살짝 뿌려주면 완성!

가을에 떠날 유럽여행을 위해 열심히 일하는 중
점심 시간에 마시는 커피
(회사 근처 자주 가는 카페 리스트)

LOW coffee
카페모카가 맛있다.

more than less (MTL)
피콜로 라떼가 가장 인기가 많다.
플랫화이트와 비슷한 듯?

Anthracite Coffee
원두가 훌륭하다.
나는 라데가 가장 맛있다.

33 apartment
초콜릿 음료를 주로 마신다.

모드 루이스의 그림 <Maud Lewis>
따뜻한 색감과 아기자기한 선들.
보고 있으면 마음이 편안해지는 풍경.
원래도 좋아한 작가였지만, 영화 <내 사랑>을 보고서
모드 루이스의 그림이 더욱 좋아졌다.

☀ 나의 여름 My Summer ☀

1. 가죽 지갑 만들기
2. 재즈 피아노 독학하기
3. 유화 그려보기
4. 부산 1박2일 여행
5. 매주 weekly happiness 그리기

6. 집에서 커피 자주 내려 마시기

7. 식물 잘 가꾸기

8. 제주도에서 찍어온 영상 편집하기

9. 매일 일기 쓰기

10. 7월 30일, 엄마를 위해 직접
    생일케이크 만들어보기

July

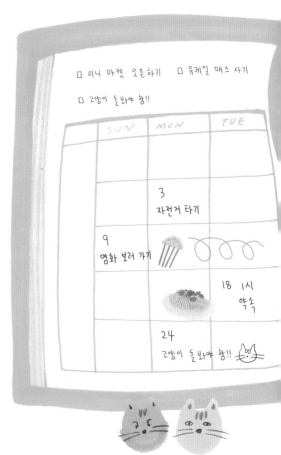

□ 미니 마켓 오픈하기   □ 유레일 패스 사기

□ 고양이 돌봐야 함!!

SUN	MON	TUE
	3 자전거 타기	
9 영화 보러 가기		
		18 1시 약속
	24 고양이 돌봐야 함!!	

WED	THU	FRI	SAT
			1 성수동 전시 구경 가기
가죽 공방 6-10시	13 알바☆ 대타		8 가죽 재료 사러 가기
		21 인저스 ♪ 떼어 가기	
27 마켓 주문 받기	28 월급날! ♡ 1104000원 Eurail		

→ 유레일 패스 사기

August

Happiness

청포도 에이드
만들어 마시기

비 오는 날
먹은 바질 스콘

엄마 생일 선물
(좌식 소파)

오랜만에 산 옷
편안한 티셔츠와 청바지
마음에 든다. 하지만 패·완·얼

지퍼 지갑 완성

국제 학생증 발급!
차근차근 준비하는 유럽 여행

무인양품에서 산
우산, 스케치북, 가방

여름을 맞이해
작업한 휴대폰 케이스와 스티커

8월의 레시피

청포도 에이드

얼음

청포도　　　꿀　　　탄산수　　　레몬

① 청포도를 잘 씻어서
블렌더로 갈아준다.

(+ 얼음을 함께 넣고 갈아도 좋다)

② 꿀도 약간 넣음.

간 청포도를 유리잔에 넣고
탄산수를 붓는다.

③ 레몬 슬라이스도
하나 썰어 넣으면 완성!

선풍기 앞에 앉아
청포도 에이드 한 잔 하면
여름나기 성공!

내가 만드는 가죽 제품들의 특징
갈색 계열의 가죽을 주로 사용한다.
실의 색깔이 하얗다.
금색의 단추, 잠금장치를 사용한다.

고무망치

엣지비벨러

토코놀 (단연 마감재)

핸드프레스

자

헤라(본드 스틱)

본드통

앞치마

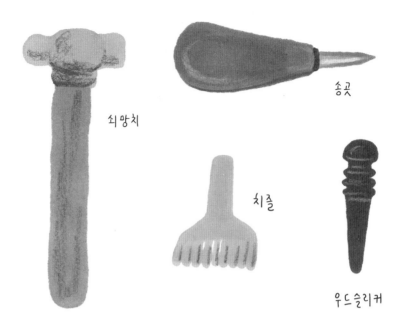

송곳

쇠망치

치즐

우드슬리커

가죽 공예를 할 때 쓰는 도구들.

가죽을 자르고, 붙이고, 뚫고, 모서리를 깎고

손바느질하고, 마감하고 이 모든 일이 전부 매력있고 재미있다.

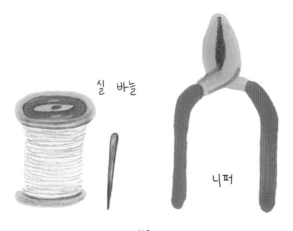

실 바늘

니퍼

Before

이름 : 브래드 (빵을 닮아서)

생일 : 2016년 5월 20일

Now

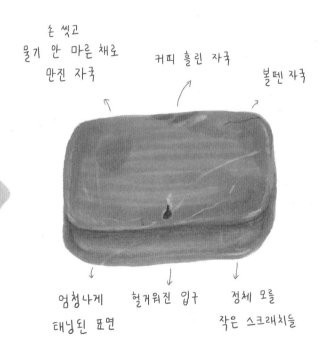

손 씻고
물기 안 마른 채로
만진 자국

커피 흘린 자국

볼펜 자국

엄청나게
태닝된 표면

헐거워진 입구

정체 모를
작은 스크래치들

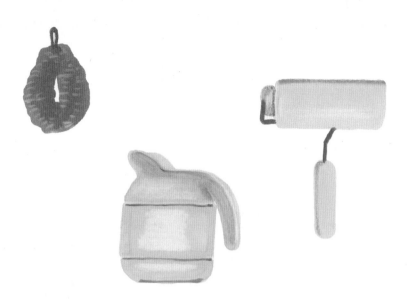

무인양품을 좋아한다. 깔끔한 디자인도 마음에 들고, 브랜드의 철학도 좋다.
종종 들를 때마다 이것저것 사다 보니
그새 우리 집엔 무인양품 물건들이 가득해졌다.
이번엔 우산과 스케치북, 가방을 새로 샀다.
다음엔 선풍기와 냄비를 사겠어!

유럽 여행 준비물 CHECK LIST! V

☑ 필름 카메라   ☑ 새로 사든 노트

☑ 아끼는 니트   ☑ 작은 우산

☑ 여권 & 여권 케이스   ☑ 미니 팔레트

☑ 목베개   ☑ 국제학생증

☑ 멀티 탭   ☑ 라면 스프

☑ 향초   ☑ 작은 동전지갑

                     ☑ 여행용 자물쇠 (소매치기 조심!)

                     ☑ 세연도구

August

□ 핸드폰 케이스 만들기

SUN	MON	TUE
	7 마켓 배송하는날!	
		15 광복절
27 앞으로 1주일간 렌즈 빼고 다니기 → 라식 검사		

□ 그림책 만들기 수업 신청   □ 부산 여행

WED	THU	FRI	SAT
	3 플리마켓 구경		5 엄마랑 놀기
		11 아르바이트 끝나고 친구랑 저녁 먹기	
		18 부산	19 여행!
	24 그림책 수업		
30 4시 출판사 미팅			

September

Happiness

3개월 만에
드디어
아르바이트와 작별

라섹 수술을
받았다

CAFE MOON

서울역 근처의 멋진 카페

절친과의 1박 2일 경주 여행

경주 여행 중
친구가 나를 위한 깜짝
생일 파티를 열어주었다

드디어 유럽으로!
9/19 ~ 11/8

GO!

아베크엘에서
익은 계란 토스트
맛도 있다

여행 첫 도시, 런던에서
처음 산 교통카드 진짜 시작이다!

런던에서 가장 좋았던 미술관,
TATE MODERN

멋지고 행복했던 경주 여행

바라보기만 해도
웅장함, 화려함,
소박함이 동시에
느껴졌다.

푸른 나무와 둥근 언덕을
바라보고
조용히 노래를 들으며
산책을 하는 것만으로도
충분했다.

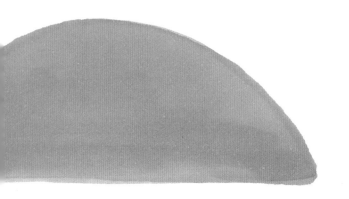

Happy Birthday to me!
Thank you, my friend

유럽에 가기 위한 모든 준비를 마쳤다.

약 50일 동안 어느 나라, 어느 도시에서 얼마나 머물 것인지

간단하게나마 루트를 짰다. 기대가 가득한 나라도 있고,

정보가 별로 없어 어떨지 궁금한 나라도 있다.

열심히 준비해야지.

처음으로 혼자 하는 긴 여행.

즐겁고 행복하고 안전한 여행이었으면 좋겠다.

Go to EUROPE!

Mon	Tue	Wed	Thu	Fri	Sat	Sun
Go! →	9/19	20	21	22	23	24
			london			
25	26	27	28	29	30	10/1
Porto		lisbon	madrid		barcelona	
2	3	4	5	6	7	8
			Paris			
9	10	11	12	13	14	15
	amsterdam			berlin		
16	17	18	19	20	21	22
	praha			budapest		zagreb
23	24	25	26	27	28	29
	vienna				basel	
30	31	11/1	2	3	4	5
	venice		firenze		roma	
6	7	8	→ HOME ⌂			

유럽 여행 첫 도시인 런던에 도착했다.
첫 번째 경험은 런던의 빨간색 2층 버스.
사진으로만 보던
빨간 2층 버스가 바로 내 눈 앞에 있다!
정말 나 유럽에 있구나. 실감했다.

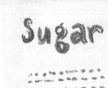

September

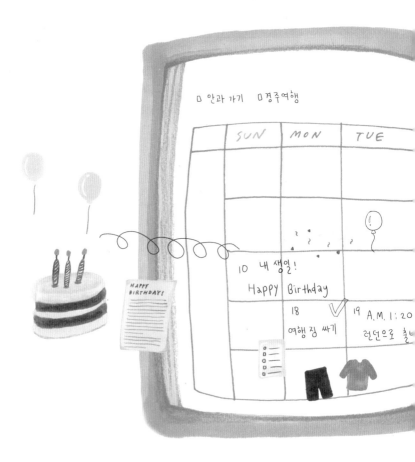

□ 안과 가기   □ 경주여행

SUN	MON	TUE
10 내 생일! Happy Birthday		
	18 여행짐 싸기	19 A.M. 1:20 런던으로 출발

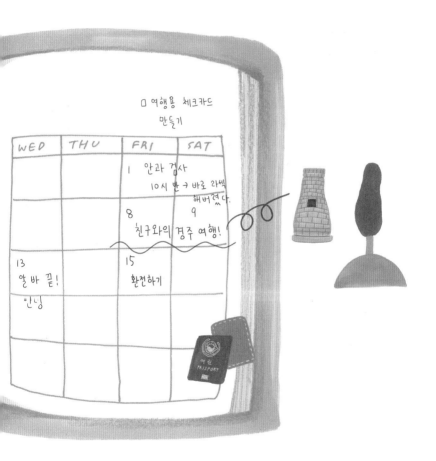

□ 여행용 체크카드
　　만들기

WED	THU	FRI	SAT
		1 안과 검사 10시 반 → 바로 라섹 해버렸다.	
		8 친구와의 경주 여행!	9
13 알바 끝! 런닝		15 환전하기	

유럽, 진짜 로망을 실현하다

제주에서 지내보니 '살아보듯 여유롭게 하는' 여행이 나에게 좋다는
것을 알았다. 제주 생활을 마치자 마자 다음 장소로 바로 유럽이
떠올랐다. 보기만 해도 벅찬 풍경, 예술 작품이 가득한 미술관…
막연히 상상만 하기보다 실제로 보고 싶었다. 동행 없이 나 혼자서
지내는 즐거움도 더 느껴보고 싶었다. 그래서 이번에도 나홀로
여행을 떠나기로 했다.

의외로 두렵진 않았다. 지인들에게 묻고, 인터넷에서 검색하고,
책을 들춰보며 여행 루트를 차근차근 짰다. 시간에 쫓기듯 빠르게
움직이고 싶지 않아 무리해서라도 일정을 길게 잡았다. 유럽 지도를
어설프게 손으로 따라 그린 다음 내가 가고 싶은 도시 이름을
하나하나 적어 선으로 연결했다. 여름부터 유럽 여행을 준비했다.
한참 남았는데도 당장 내일 떠나는 사람처럼 생각만 하면 마음이
떨리고 심장이 두근두근했다. 몇 번의 수정 끝에 50일, 런던에서부터
로마까지 가기로 정했다. 떠나기 전 3개월 동안 일주일 내내
일하며 경비를 마련했다. 돈을 버는 족족 항공권, 숙박비, 기차표로
새어나갔지만 기뻤다. 내 생일이 있던 9월의 어느 날, 나는 나에게
주는 생일선물로 런던 행 비행기에 올랐다.

약 50일 동안 12개 나라, 17개 도시를 여행했다. 기대보다 그저
그랬던 곳도 있었고, 크게 기대하지 않는데 너무 좋았던 곳도

있었다. 웃음이 히죽히죽 나오는 걸 못 참을 만큼 즐거운 날도
있었고, 길에서 남의 시선을 의식하지 않고 엉엉 울었던 날도
있었다. 커다란 28인치 캐리어가 유럽의 돌길을 못 견뎌 바퀴가
부서지기도 했고, 다른 나라로 향하는 날 늦잠을 자서 기차를
놓치기도 했다. 여행한 지 한 달이 넘어갈 즈음엔 권태기가 찾아와
온종일 숙소에서 잠만 잔 적도 있었다.

혼자 여행을 했기 때문에 되도록 늦은 밤까지 돌아다니지 않았다.
그렇지만 야경은 놓치기엔 너무 아쉬웠다. 일부러 찾아가 무서움에
떨며 기다려서 보았던 파리의 에펠탑과 헝가리 부다페스트의 야경이
아직도 생생하게 기억난다. 마음이 벅차오르면서 눈물이 찔끔
날만큼 미묘한 감정으로 가득했다.

매일 밤 침대에 누워 남색 노트에 짧은 일기를 쓰고 티켓과 그날
쓴 영수증을 붙였다. 많은 것을 가르쳐주었던 50일. 혼자서 30kg이
넘는 짐을 들고 30분 넘게 걸어보았다. 평소엔 못 먹었던 피자 한
판을 그 자리에서 다 먹었다. 모르는 사람에게 거리낌 없이 영어로
질문해가며 목적지에 찾아갔다. 아침부터 저녁까지 발바닥에 땀이
나도록 돌아다녔다. 모두 빠짐없이 소중한 순간이었다. 힘들고 지쳤던
만큼 행복했다. 여행 노트가 점점 두꺼워지면서 나의 세계도 넓어지고
있었다. 내가 바라는 나의 이상적인 모습도 조금씩 선명해지고 있었다.

$$\frac{October_{Europe}}{Happiness}$$

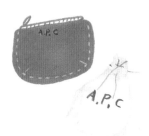

갖고 싶었던 브랜드의
파우치를 샀다

이탈리아에서 먹은
근사한 젤라또

감동적이었던
에펠탑과의 첫 만남

지갑이 자동으로
열리는 유럽의
빈티지 벼룩시장

직접 장 봐와서 해먹은
봄베이느 파스다

파리, 튈르리 공원의
초록 의자

암스테르담으로 가는
기차 안에서 받은 간식들

길에서 들리는
낭만적인 버스킹 음악 소리

Shopping list in Paris ☺

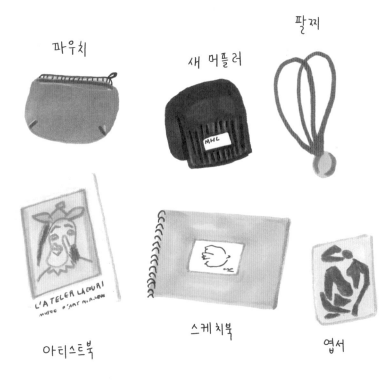

파우치

새 머플러

팔찌

MHL

L'ATELER LADURI
MUSEE D'ART MIAJEM

아티스트북

스케치북

엽서

한국에서는 구하기 쉽지 않았던 브랜드의 제품들을
유럽에선 자주 구경한다.
마음 같아서는 전부 다 사고 싶지만
돈이 많지 않기 때문에
꼭 가지고 싶었던 것들만 몇 가지 사는 걸로 만족했다.

미스트

좋아하는 브랜드의 쇼핑백들

장 보러 가자!

버터

시리얼

물

소시지

저녁으로 해먹을
파스타면

토마토 소스

우유

나초

CEREAL

커다란 시리얼

홀토마토

Total

생수인줄 알고
잘못 산 탄산수

요거트

3000 Ft

마트 물가가
정말 저렴하다!

아침용 빵

I love gelato!

구름 같은 레몬 젤라또

엄청 고소한 피스타치오
(미숫가루 맛이 난다)

베니스에서 먹은 것

레몬맛 + 초코맛 + 쌀 맛의 조합!

정말 상큼한
딸기 샤베트

아이스 홍시 맛이 나는
젤라또

피렌체에서 먹은 것

초코 시럽을 뿌린
캬라멜 맛 젤라또
정말 달았다.

막대사탕 같이 달콤한 맛.
우유맛은 정말 신선한 우유맛이 났다.

181

다 쓴 카르네 티켓
버리지 않고 보관하기.

미술관 창문에 계속
붙어 있던
빨간 동그라미는
무엇을 뜻하는 걸까?

한적해서 좋았던 마레 지구의
피카소 미술관

핫 하다는 브런치 가게, season 에 갔다.
치즈 케이크와 오렌지 주스를 마셨다.

파리 지베르니에 다녀온 날.
모네를 좋아하고서부터 지베르니는 꼭 다녀와야겠다고 생각했다.
모네의 집은 정말 아늑했다.
혼자서 연못을 찾지 못해 이리저리 헤매다 겨우 찾았다.
고생한 만큼, 그 이상으로 연못이 너무 좋았다.

향초와 스케치북을 샀다
유럽에서도
늘 그날 행복했던 일을
드로잉 하는데,
가져온 스케치북을
금세 다 써서
새 스케치북이 필요했다.
오늘 밤부터는
향초 켜고
그림도 그려야지!

From Paris To Amsterdam

기차는 잠시 파리와 암스테르담 사이, 브뤼셀에서 멈춰섰다.

내부의 공기는 적당한 듯 조금 쌀쌀했다.

차갑게 식은 커피를 한 입 가득 마셨다.

씁쓸함이 채 가시기 전에 초콜릿을 입에 넣으니 슬그머니 단맛이 났다.

책 위에 놓인 빵을 집어 손으로 뜯어 먹었다.

기차는 다시 출발했다. 이제 정말 암스테르담으로 간다.

내가 유럽을 기억할 수 있는 것들 ♡

Barcelona

paris

nutella

Matisse

picasso

Praha

Budapest

Zagreb

AMÉLIE

Vienna

London

Amsterdam

Berlin

Basel

Firenze

November

Happiness

책상을 알끔히
정리했다

드디어 도자기 공방에
다니기 시작했다

망원동에 놀러 갔다가
가지고 싶었던 책을 샀다

맛있었던 효교의 멘보샤

좋아 하는 카페
MK2

새로 만든 지갑

유럽에서 가져온 선물들

귀여운 컵케이크

지저분한 게
오히려
근사해 보이는 팔레트

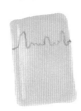

에쿠니 가오리의
『냉정과 열정 사이』
두 권 다 완독!

이번 달에 만든 도자기

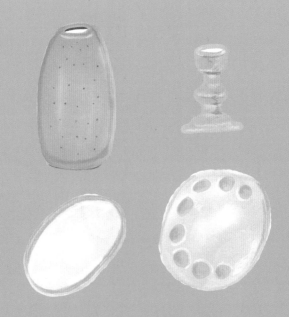

다음 달에 만들 도자기

즐거운 망원동 나들이

박선아 작가님의 『어떤 이름에게』 책도 사고
비엔나 커피도 마시고
저녁으로는 맛있다고 소문난 텐동도 먹었다.

샌드위치도 먹었고
색깔이 귀여운 스티커도 샀다.

마음에 드는 하루!

11월의 레시피

엔보샤

새우 많이　　　식빵　　　　　　전분가루　　　칠리 소스

식용유

후추　　소금

① 식빵을 네모 모양으로 4등분한다.

② 새우를 잘게 다져서 볼 안에 넣고 후추, 소금, 식용유, 전분가루와 함께 잘 섞는다.

③ 식빵 사이에 잘게 다진 새우를 넣는다.

④ 튀김 온도를 맞추고 잘 튀긴다.

⑤ 완성! 칠리 소스에 찍어 먹는다.

미니 가죽 공방 OPEN!

가지고 다니기 유용한 동전지갑을 만들어보자.

지퍼

×1

× 2   ×1

가죽   (겉면은 1.6mm × 2
준비해둔다. (속주머니는 1.2mm ×1)

기타 재료는 앞에
소개된 146, 147 page에
있다.

①

↓
치즐

②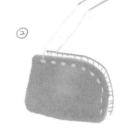

치즐로 뚫은 구멍 사이로 바늘 2개가
교차로 통과하도록 바느질한다.

지퍼를 붙이고 구멍을 뚫는다.

③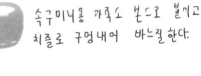

속구머니용 가죽도 본드로 붙이고
치즐로 구멍내어 바느질 한다.

④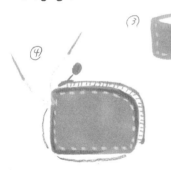

완성!

안면과 겉면을 본드로 붙인 후,
구멍을 뚫고 바느질한다. 지퍼도 달아준다.

I love Cupcake

November

□ 도자기 공방 알아보기   □ 유럽 그림, 글 정리

	MON	TUE
12 망원동 나들이	14 친구랑 약속 선물 챙겨 가
	20 혼자 카페 가기	
26 도자기 공방 등록!		

cafe

☐ 가죽 공방도 다시 다니기

WED	THU	FRI	SAT
한국으로 돌아왔다. :) 시차 적응 하기…		18 가죽 공방 다시 등록	
23 필름 스캔 하러			
30 친구랑 이태원 약속			

December

Happiness

휴학하고 처음
가보는 학교

언리미티드 에디션 9에
다녀왔다

드디어 이사를 간다!
다시 자취 시작

딸기 디저트

물감으로
그린 새 엽서

나무 이젤을 샀다
아크릴 물감으로 그림 그려보기

직접 만든
2018년 캘린더

차 마시는 취미가
생겼다

메리 크리스마스!

언리미티드 에디션 9 (서울 아트북 페어)

독립 출판계에서는 큰 시장이라 할 수 있는 언리미티드 에디션.

흔히 알고 있는 보통의 홍보 방법과도 다르고

행사에 소개 되는 책들도 너무 다양하다.

작품에 대해 제작자와 소비자 모두가 자발적으로 참여한다는 점이 재미있다.

올해도 좋은 책과 그림 등 멋진 출판물들이 가득했다.

나도 언젠가는 당당히 아티스트의 자리에 있길!

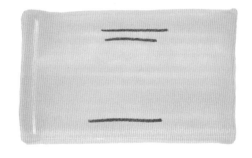

이사를 한다.

올해 휴학을 하면서 작년까지 살던 자취방에서 나와

부모님과 함께 살았다. 다시 복학을 할 시기가 다가왔고,

조금 이르지만 미리 새로운 자취방을 구해 이사를 하게 되었다.

새 자취방은 학교와 아주 가까이 위치해있는 9층 옥탑방이다.

나만 사용하는 옥상이 있고, 작은 방도 2개나 있다.

부엌이 넓고, 작은 아일랜드 식탁이 있는 게

가장 마음에 든다.

이 집에서는 또 어떤 일들이 생길까?

2년간 잘 지내봐야지!

소중하게 챙겨야 할 짐들

아끼는 냄비

직접 만든 화병들

기타

식물은 내가
직접 안고 가기

책들 빠짐없이
차곡차곡 넣기

거울은 깨지지 않게 조심!

12월의 레시피

바지락 칼국수

칼국수면 멸치육수 표고버섯 애호박 당근

바지락 국간장 다진 마늘 고춧가루 소금 양파

① 멸치육수에 양파, 당근,
애호박, 버섯을 넣고 끓인다.

칼국수면은
미리 삶아둔다.

② 국물이 끓으면
바지락을 넣는다.

③ 바지락이 입을 벌리면
삶은 칼국수 면을 투하한다.

④ 다진 마늘, 소금, 국간장으로
간을 맞춘다.

바지락 칼국수 완성!
따뜻한 겨울에 잘 어울린다.

딸기철이 오고 있다. 내 사랑 딸기

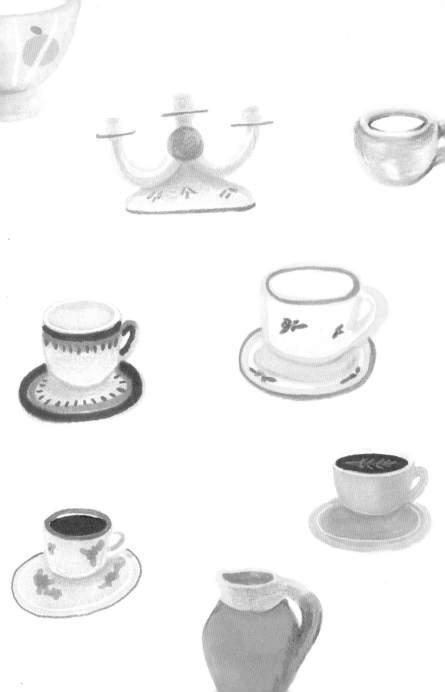

요즘 차 마시는 취미가 생겼다.

날이 추워지면서 따뜻한 차를 우리고 마시는 일이 좋아졌다.

맛있는 차를 고르는 일도 좋다.

여러 종류의 차를 마시다 보면 나의 취향도 조금씩 더 견고해지겠지?

향긋한 차의 향을 맡으면 마음이 따뜻해진다. 겨울에 더 안성맞춤인 차!

HAPPY
MERRY CHRISTMAS

& HAPPY NEW YEAR

December

□ 겨울에 갈 여행 비행기 찾아보기

SUN	MON	TUE
3 언리미티드 에디션 구경 가기	4 집 계약 하러 가는 날	
10 서울 디자인 페스티벌	11 이사하는 날	
17 친구 생일 파티 준비!		
	25 MERRY CHRISTMAS!	26 달력 주문 받기

□ 달력 작업하기   □ 집 보러 가기   □ 집 정리 하기

WED	THU	FRI	SAT
			9 집 정리 미리 해놓기
	14 도자기 공방 2-4시		
		20 달력 인쇄	
	29 집에 친구들 초대!		

2018 CALENDAR!

유럽 여행에서 그린 그림으로 만든 2018년 달력.
좋아하는 사람들에게 선물 해야지!

225

행복의 순간을 공유하다 2

매주 행복 리스트를 그리기 시작한 지 어느덧 일 년이 되었다.
하나둘 쌓이는 노트를 또 기록해두고 싶어 SNS 계정에 틈틈이
그림을 올리기 시작했다. 이 일로 점점 내 그림을 좋아하고
기다려주는 사람들이 나타나기도 했다. 실시간으로 반응을
확인할 수 있어 설레고 재밌다.

그림을 올리면서 '행복한 일이 많아 보여서 부럽다', '나도
행복한 일을 기록해보고 싶다'는 이야기를 가장 많이 들었다.
행복을 찾는 일은 그리 어렵지 않다. 누구나 자기만의 행복을
찾을 수 있고, 또 자기만의 방식으로 기록할 수 있다. 사람은
쉽게 무언가를 잊고 잃는다. 한때는 정말 아꼈던 것들도 시간이
지나면 금세 시들해진다. 행복한 일들도 마찬가지다. 일부러
기억해두지 않으면 대부분 그날의 즐거움으로 끝나고 말 것이다.

'행복 리스트'를 그릴 땐 많은 시간을 할애하지 않는다.
끄적이는 일기의 맛이라고 할까? 일부러 잘 그리려고 하다 보면
그 당시 느꼈던 내 기분보다 오직 그림 그리는 일에만 신경 쓰게
되기 때문에 금방 지치고 꾸준히 그리기도 어렵다. 그래서 따로
스케치도 하지 않는다. 스케치를 미리 해둘 만큼 복잡한 그림도
아닐 뿐더러 손이 가는 대로 그리고 싶었기 때문이다.

노트에 그림을 그리는 과정은 이렇다. 빈 노트를 펼치고 천천히 한 주를 되새겨본다. 그날그날 행복을 느꼈던 것들을 메모한다. 이번 주에 좋았던 것이 다음 주엔 시들할 수도 있지만 아무렴 어떤가 싶다. 곧장 마카나 색연필로 그림을 그린다. 마카와 색연필은 물감보다 쉽게 그릴 수 있고 어디서든 쓸 수 있어서 애용하고 있다. 도구를 하나씩만 쓸 때도 있지만 두 가지 모두 사용할 때는 마카로 큰 면을 칠해두고 그 위에 색연필로 디테일을 조금씩 그려나간다. 오브제가 자세히 기억나지 않는 것은 휴대폰 카메라 롤을 열어 찍어둔 사진을 확인한다. 사진이 없는 것은 내 머릿속에 간직한 모습대로 그린다. 오브제와 간단한 캡션만으로도 충분히 나의 행복 일기가 완성되지만 특별했던 기억은 사람이나 하나의 큰 풍경으로 시간을 더 들여서 그린다.

시난 수에도, 지지난 주에도 행복한 일은 있었는데 기억이 가물가물할 때가 종종 있다. 그래서 행복을 느끼면 담아둘 필요가 있다. 그림이든 사진이든 글이든 다 좋다. 나에게 편한 것으로 작은 행복들을 하나하나 써내려 가는 것이다. 그렇게 쌓인 기록을 넘겨보며 미소 지을 날을 기다려본다. 내 행복만 가득한 노트를 보며 웃을 수 있는 것만큼 큰 기쁨이 또 어디 있을까?

Happy New year! 올해 나의 새로운 목표!

책 출판하기

홈 베이킹 도전하기

북유럽 여행 가기

가죽 공예
꾸준히 연습

고양이와
함께 살기

도자기 부전공
신청하기

노트북 바꾸기

악기 연습 하기

새로운 재료로
그림 그리기
(아크릴이나 유화)

새해 시작!

새해의 새로운 다짐들

오랜만에
가지고 놀아본 요요

Moleskine
새 다이어리를 사는 일은
늘 설렌다

훈고링고
카페의
바게트

친구에게 줄 선물

무척 맛있었던 차
(마리아쥬 프레르)

내가 만든 도자기들이
점점 늘어난다

그린티 파운드 케이크

익숙한 일, 새로운 일

선물 포장은 즐거워!

엄마가 주고 간 레드향
(맛은 별로였다…)

오랜만에
단편소설집을 사왔다

갖고싶은 의자

저녁으로 만들어 먹은
야끼우동이 맛있었다

새로운 도자기 작업 시작
(아직은 흙일 뿐)

늘 치고 싶었던
곡을 드디어
잘 칠 수 있게 되었다
(검정 치마 – 기다린만큼 더)

복학을 했다…

수많은 레포트 과제

작업 필수품 노트북

타블렛

갖고 싶은 에어팟

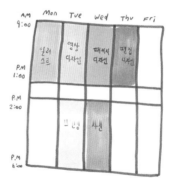

AM 9:00	Mon	Tue	Wed	Thu	Fri
P.M 1:00	일러스트	영상 디자인	패키지 디자인	편집 디자인	
P.M 2:00		드린잉	사진		
P.M 6:00					

나의 이번 학기 시간표
(그래도 금금강!)

나를 기다리는 프로그램들

231

여러 가지 만들고 구입하기

새로이 우리 집에 온
한라봉 화분

예쁜 봄맞이 가방

남은 흙으로 만든
귀여운 흙그릇 (1세)

멋진 가위들을 샀다

제주가 생각나는
제주 자두

새로운 악보를 뽑았다
틈틈이 연습하기!

할머니가 챙겨준
정다운 백설기

빗자루

그릇

라탄 바구니

무인양품 쇼핑

일상의 쉼표

근사한 화병을 샀다

화분에 핀
프리지아 꽃

봄, 여름용으로 구입한
유리컵 아이스티를 마셔야지

내가 사용할
주전자를 만들었다

날씨는 흐렸지만
좋았던 주말 강릉 여행

학교의 숨은 벤치에
혼자 앉아있기

↖ 매우
거금

좋아하는 작가, 모란디의 책

앤트러사이트의 원두

케이크 먹고싶다

233

오랫동안 지속될 하루들

할머니를 위한
지갑을 만들었다

작년 다이어리 들춰보기

딸기를 냉동실에
가득 얼려두었다!
샤베트와
스무디가 될 예정

좋아하는
아이들모먼츠의 푸딩

집에서
당고를 만들었다

귀여운 은방울꽃

접시

집 앞 문구점에서
예쁜 우드링을 얻었다
어디에 쓸까?

꽃병

볼

도자기들

따뜻하고
맛있는 카페오레

사소하지만 좋다

도마를 직접 만들었다
신기한 목공예의 세계

딸기 콩포트
만들기

겨울 필름을
이제야 스캔했다

새 원두로 내린
신선한 커피

학교 산책하여
주운 나뭇가지

저번에 만든
흙그릇이 구워져 나왔다

친구가 만들어준 단호박 스콘
(엉성한 모양새였다)

화분들이 자라는 모습
(바질 , 로즈마리)

항상 맛있게 먹자!

친구를 위해 포장한 파이

내가 좋아하는
피스피스 파이

커피 같지만 블랙보리차
고소하고 맛있다

카페에서 본
예쁜 나무 오빌

정말 맛있는
살치살 스테이크

영화 ⟨Call me by your name⟩
아름다운 영화였다

가위와
티슈 케이스를 샀다

떨어진 꽃 주워오기

떡볶이 + 핫도그

지갑을 잃어버렸다
(슬픈 일)

버킷 리스트! 얼마나 이루어질까

팔로마을 셔츠
입으니 더 예쁘다

내 브랜드 New wallet
그리고 재밌는 엽서 제작 예정 :)

우드 카빙
수업 시작

귀여운 찰리가 있는
CETU Hi~

여름용 필름
딱 5통만 써보자

옥상에 친구를 초대하자!

식물 분갈이

일기는 밀리지
않는게 중요

아크릴 그림
그리기

긴 휴가가 끝나고

지난 한 해는 일 년 내내 여행 같았다. 1년 동안 비행기를 10번 탔고, 2년 만에 가족과 다시 살게 되었다. 크고 작은 도전도 했다. 다짐만 하고 행동에 옮기지 못한 일도 많았다. 그리고 이 모든 순간을 남겨두고 싶어 열심히 필름 카메라를 들었다. 일 년 동안 30롤이 넘는 필름을 썼다. 모아 보니 1,000장이 넘었다. 일일이 세어보기도 힘들 만큼 많은 양이지만 이야기가 없는 사진은 단 한 장도 없었고, 그 이야기를 만든 내가 스스로 뿌듯했다. 해보자고 마음먹고 한두 번 하다가 그만 둔 일, 꾸준히 해나가는 일, 띄엄띄엄이라도 하는 일 모두 나를 만들고 있다. 아쉬운 마음도 있지만, 나는 멀리서도, 가까이서도 정말 행복했다고 자신한다.

새해에는 보기만 해도 무게감 있고 멋진 검정 다이어리를 샀다. 첫 페이지를 펼쳐서 한참 생각했다. 앞으로 나는 어떤 색깔의 추억을 쌓을까? 어떤 온도의 사람이 될까? 작년부터 하던 작업을 계속 이어가고, 재즈 피아노도 독학해볼 것이고, 오래된 노트북도 새로운 것으로 바꾸고, 홈베이킹에도 도전해볼 것이다. 이번에는 북유럽으로 여행을 떠나고 싶은 달콤한 생각이 피어올랐다. 오랜 고민 끝에 언젠가는 데려오기로 마음 먹은 고양이와 함께 살 준비도 해야겠다.

올해는 학교로 다시 돌아가 공부할 것이다.

디자인 전공생으로서의 고민이 계속 이어질 것이다. 매주 꾸준히
그렸던 그림, 열심히 배우고 있는 공예, 원고 쓰기부터 디자인까지
모든 걸 혼자 담당했던 독립출판까지 그동안 해온 일들을 놓지
않고 지속하고 있다. 학교에서는 일러스트, 책 편집디자인,
영상디자인, 패키지디자인, 사진 등의 수업을 듣는다.

나 혼자서, 나를 위해 시간을 꾸렸던 작년과는 조금은 다른
시간을 보내고 있다. 취업할 지 개인작업을 하는 사람이 될지도
생각해보려고 한다. 어쩔 수 없이 가까이에 있는 친구들과 비교
아닌 비교도 많이 하게 될 것이다. 묵직한 걱정과 부담이 있지만
천천히, 느리면서도 괜찮은 순간순간을 만들어볼 것이다.

나는 내가 할 수 있는 일 중에 내가 가장 좋아하는 걸 하고 있다.
늘 그래왔던 것서럼 낭상은 힘들어도 언젠가 뒤돌아보면 행복할
날들이 가득하길 기대한다.

시시콜콜하지만 매일 즐거운 드로잉 에세이

라떼가 가장 맛있다

초판 1쇄 발행   2018년 10월 25일
초판 3쇄 발행   2021년 05월 10일

지은이   김세영
펴낸이   이준경
편집장   이찬희
총괄부장   강혜정
편집   이가람, 김아영
디자인팀장   정미정
디자인   김정현
마케팅   정재은
펴낸곳   지콜론북

출판 등록   2011년 1월 6일 제406-2011-000003호
주소   경기도 파주시 문발로 242 파주출판도시 (주)영진미디어
전화   031-955-4955
팩스   031-955-4959

홈페이지   www.gcolon.co.kr
트위터   @g_colon
페이스북   /gcolonbook
인스타그램   @g_colonbook

ISBN   978-89-98656-76-8 03810
값   13,500원

이 도서의 국립중앙도서관 출판시도서목록 (CIP)은 서지정보유통지원시스템 홈페이지 (http://seoji.nl.go.kr)와
국가자료공동목록시스템 (http://www.nl.go.kr/kolisnet)에서 이용하실 수 있습니다. (CIP제어번호 : CIP2018030923)

지콜론북은 예술과 문화, 일상의 소통을 꿈꾸는 (주)영진미디어의 문화예술서 브랜드입니다.